WENN MEIN HERZ GESUND WÄR

ELSE LASKER-SCHÜLER

Kinematographisches

Wenn mein Herz gesund wär, spräng ich zuerst aus dem Fenster; dann ging ich in den Kientopp und käm nie wieder heraus. Es ist mir genau so, als ob ich das große Los gewonnen hab' und noch nicht ausbezahlt bin, oder auf einer Pferdelotterie einen Gaul gewonnen hab' und keinen Stall „umsonst" auftreiben kann. Das Leben ist doch eigentlich ein Wendeltreppendrama, immer so rund herauf und wieder hinunter, immer um sich selbst wie bei den Sternen. Ich bin in freudiger Verzweiflung, in verzweifelter Freudigkeit; am liebsten machte ich einen Todessprung oder einen Jux. Meine Freundin Laurentia zecht wie ein Fuchs, sie studiert die Sprache der alten Herren, ich meine Griechisch und Lateinisch, und macht gute Fortschritte. Aber was geht mich das alles an; ich will nichts wissen, nichts. Wenn es nur nicht klopfen würde!

Das Gehirn wird rein aufgewühlt, es klopft nicht allein unten jeden Freitag und Sonnabend, jedes Stäubchen wird aufgewirbelt, es klopft auch an den anderen Wochentagen, denn ich wohne zwischen Haus und Haus und muß die Brutalität aller Höfe ertragen. Ich sitze immer bei geschlossenen Fenstern und werde gar nichts von dem Sommer haben; ausgehen kann ich nicht, ich schreibe Geistergeschichten; ich habe Schulden. Dabei zieht's, wenn ich die Türen rechts und links und hinter mir auflasse. Ich trage seit dieser Wohnung ein Katzenfell; wenn ich abends wo eingeladen bin, überkommt mich eine furchtbare Angst, ich könnte anfangen zu miauen. Ich hab' gar keine Lust zum Leben mehr, wenn noch die Menschen gerne meine Lyrik lesen wollten; wer sie gern liest, der soll mir doch mal einen netten Brief schreiben. Ich muß nämlich wegen meiner Krankheit in Kleesalz baden, damit man nicht über mich ausrutscht. Ich habe dann immer so eine Langeweile in der Badewanne, und lese gerne schmeichelhafte Briefe an mich. Was einen schlechte Kritiken ärgern! Man hat doch sofort jemand gern, der einem schöne Worte schreibt. Es gibt wirklich sympathische Geschöpfe auf der Welt. Ich kann nur Weißgesichter nicht leiden, ich habe einen Argwohn gegen Licht. Darum nehme ich mir auch nur schwarze Mägde und Diener. Ich habe zwei Neger und zwei Indianerinnen; Tecofis Vaterhäuptling kommt manchmal nach Berlin und tritt dort mit seiner Truppe im Chât noir auf. Tecofi fragt mich, wenn sein Vater nach Berlin kommt, ob er bei mir auf dem Balkon wohnen könne. Ich hab' nichts dagegen. Mein Somalineger ist königlicherer Abstammung, sein Vater besitzt bei Teneriffa Hammelherden. Manchmal schickt er mir ein paar abgezogene Hammel, die kommen als Hautgoutragout hier an. Osmann, mein jüngerer Neger, sieht aus wie ein sinnender Gorilla im Pflanzenkübel. Böse Spezies, herrlich zu schauen, aber man muß ihn in Ruhe lassen; seit kurzem pfeif ich auch nicht mehr, wenn er jemandem den Kopf abbeißen soll, er ist zu schade, zu wertvoll, um zu gehorchen, selbst mir. Meine beiden Indianerinnen sind emsige Mädchen, sie sind angestellt von mir, die Fäden meiner Logik zu suchen, die Logik meiner Unterhaltung zu finden. Manchmal suchen sie die ganze Nacht, ich fürchte, sie werden sich einmal in einem Augenblick an meinem Leitfaden aufhängen. Das muß man in Kauf nehmen, dunkle Leute sind schlechte Spürhunde, sie können nichts finden in der Nacht ihrer Haut. Halloh, was tät' ich, wenn mein Herz gesund wär'? Habe ich denn ein Herz oder wenigstens sowas Ähnliches? Bei dieser Einlage im Programm muß ich weinen — gut, daß es Nußstangen gibt, die trösten, auch die Pfefferminz in Holzschächtelchen. Ich glaube nicht, daß mein Herz aus Fleisch und Blut ist, rissig sind seine Wände; es hat weniger Augenblickswert als Ewigkeitswert, darum bin ich vollständig unbrauchbar für den Vorbeipassierenden, ich bin nur interessant für den Forscher. Immer klingelt es in den effektvollsten Stellen. „Hier 35, 24 wer dort?" „Doktor Nikito Ambrosia, sind Sie Else Lasker-Schüler?" „Leider." „Frohlocken Sie nicht, meine Dame, ich frage Sie an, ganz ergebenst, würden Sie ein Engagement am Wintergarten annehmen, monatlich mit einer Gage von 10 000 Mark? das macht im Jahr rund 100 000 Mark?" „Sie spaßen wohl, Herr, es ist doch nicht üblich, am Varieté länger, als einen Monat die Artisten zu beschäftigen." „Aber, uns liegt daran, meine Gnädigste, Sie an unser Varieté zu fesseln." „Es handelt sich wohl um meine arabische Szene, Herr Doktor Ambrosius?" „Ganz recht! Da Sie hoch zu Kamel über Theben sitzen." „Herr, ich kenne Sie, so einen ungeschminkten Baß gibt es nicht am Varieté. Sie sind

Professor Gellert, der letzte Hohenzollerndämmer." Schluß! Mein Brief: Herzallerliebster in Adrianopel! Er fragte mich nämlich an, ob ich ihn noch liebe, bittet mich, ihn nicht zu belügen. Ich werde ihm doch keinen Stoff zur Lyrik geben, (er ist Dichter), „ich liebe ihn also! Basta!" Könnte ich doch auch ein bißchen nach der Türkei, zumal meine Vorfahren alle in Sänften getragen wurden. Das Gehen wird mir darum schwer. Wo bei Euch die Sohlen schon erkaltet sind, sind sie bei mir noch Glut. Wenn mein Herz gesund wär, was tät' ich dann? Einen Augenblick bitte! Ich würde mich pudelnackt ausziehen und mich in ein Süßwasser werfen, wo die sanften Fische leben, aber Schuppen kann ich nicht leiden. Oder ich ging nach dem Südpol und wärmte mich mal ganz tüchtig ein, oder ich ließ jedenfalls in der Eiszone einen Anthrazitofen setzen. Was soll ich *noch* machen? Ich blieb gerade am Wendekreis stehen zum Trotz. Den Sternbildern würde ich Schnurrbärte malen. Ist es nicht himmelschade, daß mein Herz nicht gesund ist? Vom Mond kommen die Herzkrankheiten, namentlich die Neurosen. Alle Krankheiten kommen von oben. Hier unten ist es ganz nett. Darum stürzen auch so viele Aviatiker vom Himmel herab; das Fahrzeug platzt ja gar nicht, die Fallsucht kriegen sie alle, je höher sie die Bazillen der Gestirne einsaugen. Wie die Aviatiker aussehn: Wie die Vögel, ihre Nasen sind Schnäbel, und die Köpfe strecken sie in die Höhe. Ein neues Menschengeschlecht. Einmal aß mit mir ein Luftsegler zu Mittag, der hackte wie ein Habicht am Fleisch herum, riß am Schnitzel wie ein Aasgeier. Karl Vollmöllers herrliche Katharine von Armagnac ist die erste Aviatikerin der Welt. Im Uniontheater der Luftschiffahrtausstellung am Zoo fliegen sie alle. Ich kann umsonst zusehen, ich versprach über alles zu schreiben. Ich hab' kein Geld, aber darum kann ich mich doch nicht von der Welt abschließen. Und soll sogar die Regierung in Theben übernehmen, ich regiere sogar schon pro forma. Die Leute in Berlin sagen, ich habe eine fixe Idee. Fixe Idee ist was Natürliches: Natur, die das Gesetz zum Sklaven macht. Ich bin der Prinz von Theben. Nur Kaiser Wilhelm kann mir in Deutschland nachfühlen, was Regieren heißt. Ich habe dabei ein bunt' Volk. Nachts liege ich auf dem Dach, und bei Tage sitze ich unter meiner Palme und regiere. Ich bin für alles verantwortlich; mein Volk schielt noch vor Ungewißheit, es meint, ich mache Ulk, aber auch der Ulk ist mir bitterer Ernst. Ich bevorzuge nichts — nur Menschen. Bin ungerecht, weil ich Geschmack habe, künstlerischen Sinn habe; meine Rede ans Volk bedient sich nicht des Punktes, weil ich mich nicht binden will. Ich bin am tolerantesten gegen mich, ich bin gnädig gegen mich, ich bin einig mit mir, aus Diplomatie, weil sich mein Volk an mich halten muß. Ich denke nur viel, sehr arg, unmittelbar, ich lasse alle meine Gedanken ganz nah an mich herankommen, damit sie das Fürchten verlernen. Wenn ich nur nicht schon in der Frühe von so vielen muselmännischen Barbieren gestört würde, die mich tätowieren wollen, von abendländischen Malern, die mich porträtieren wollen. Nachts werde ich immer im Schlummer auf meinem Dach gestört von meinen Paschas, die vor Begeisterung meines Regierungsantritts nicht ruhen können. Sie haben immer in der Audienz, die ich ihnen erteilte, eine Frage unaufgeworfen vergessen, die sie treibt. Seitdem ich als regierender Prinz in Theben gewählt bin, bewegen sich viele Ehrgeizige in derselben Tracht und Gebärde in den Straßen der Stadt, die mir zu gleichen trachten. Meine Epigonen! Denn regieren ist auch eine Kunst, eine Eigenschaft, wie die Malerei, die Dichtkunst und die Musik. Die Epigonie aber ist eine Tätigkeit, darum bringt die Epigonie was ein, wie die Arbeit. Ich arbeite nie, ich hasse den Schreibtisch — zwar hab' ich selbst einen — aber er ist nie ganz gewesen. Heute Nacht, da meine Neger schliefen, erbrachen die Paschas gewaltsam die Pforte, die zu meinem Dache führt, wegen der Freimarken. Ich wurde in der Nacht noch im Profil (Seite steht mir besser wie en face), im Turban und Regierungsmantel photographiert in allen Farben; auf allen Posten meiner Stadt verbreitet man Mich Allerhöchst.